Collection

ALEXANDRE LÉON

BORDEAUX

CATALOGUE

DES

FAÏENCES ANCIENNES

Nevers, Rouen, Sinceny, Sceaux, Moustier, Varages, Marseille,
Nidervillers, Montpellier, Montauban, Bordeaux Cartus, Delft,
Alcora, Urbino, Castelli, Savone, Hispano-Manresque, etc.

PORCELAINES SAXE ET CHINE, MEUBLES, SIÈGES, GLACES, CONSOLES,
PENDULES, BIBELOTS ET OBJETS DE VITRINE, ARGENTERIE,
TAPISSERIE IMPORTANTE, ETC.

COMPOSANT LA COLLECTION DE **FEU**

Monsieur ALEXANDRE LÉON

Ancien Conseiller Général de la Gironde

ET DONT LA VENTE AURA LIEU

A BORDEAUX

Salle de l'Athénée, rue Mably, 28

Les Lundi 10, Mardi 11 et Mercredi 12 Février 1896
à deux heures très précises

PAR LE MINISTÈRE DE

Mᵉ J. DUVAL, commissaire-priseur   Mᵉ O. DUGUIT, commissaire-priseur
28, Rue Mably.   47, Rue du Cancera.

BORDEAUX

ASSISTÉS DE

M. CAILLOT, Expert   M. Ernest DESCAMPS, Expert
17, Rue de Lafayette   27, Cours de l'Intendance
PARIS   BORDEAUX

EXPOSITIONS

Les Vendredi 7, Samedi 8 et Dimanche 9 Février

---

*Demander le Catalogue chez MM. les Commissaires-Priseurs
et chez les Experts.*

CONDITIONS DE LA VENTE

La vente sera faite expressément au comptant. Les acquéreurs paieront *cinq pour cent* en sus des adjudications.

L'exposition mettant le public à même de se rendre compte de l'état et de la nature des objets, il ne sera admis aucune réclamation une fois l'adjudication prononcée.

Bordeaux. — Imprimerie & Phototypie G. Chariol, rue d'Albret, 25.

VACATIONS

NOTA. – *L'ordre numérique ne sera pas rigoureusement tenu.*

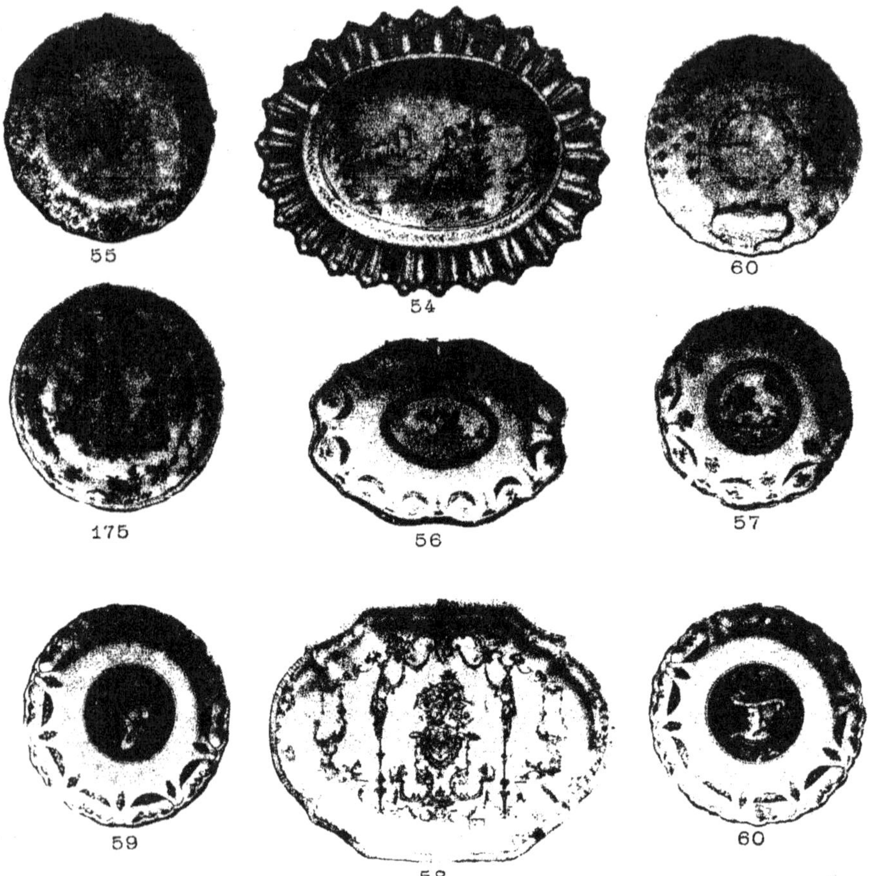

55

54

60

175

56

57

59

58

60

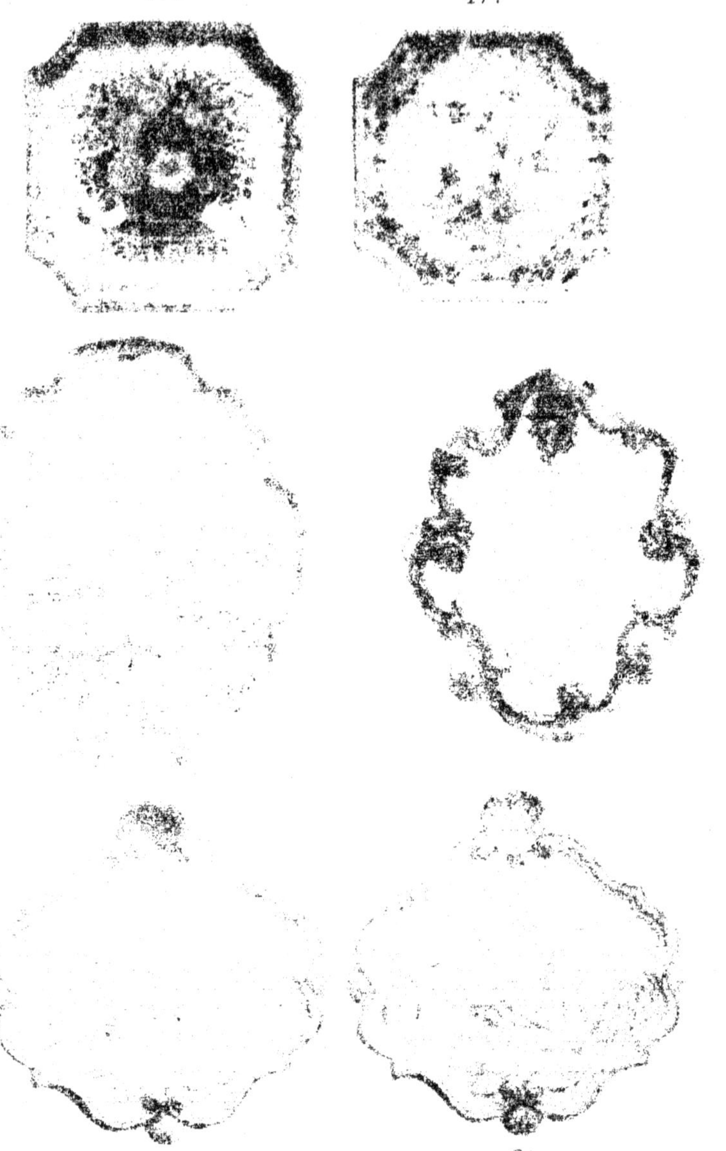
176
177

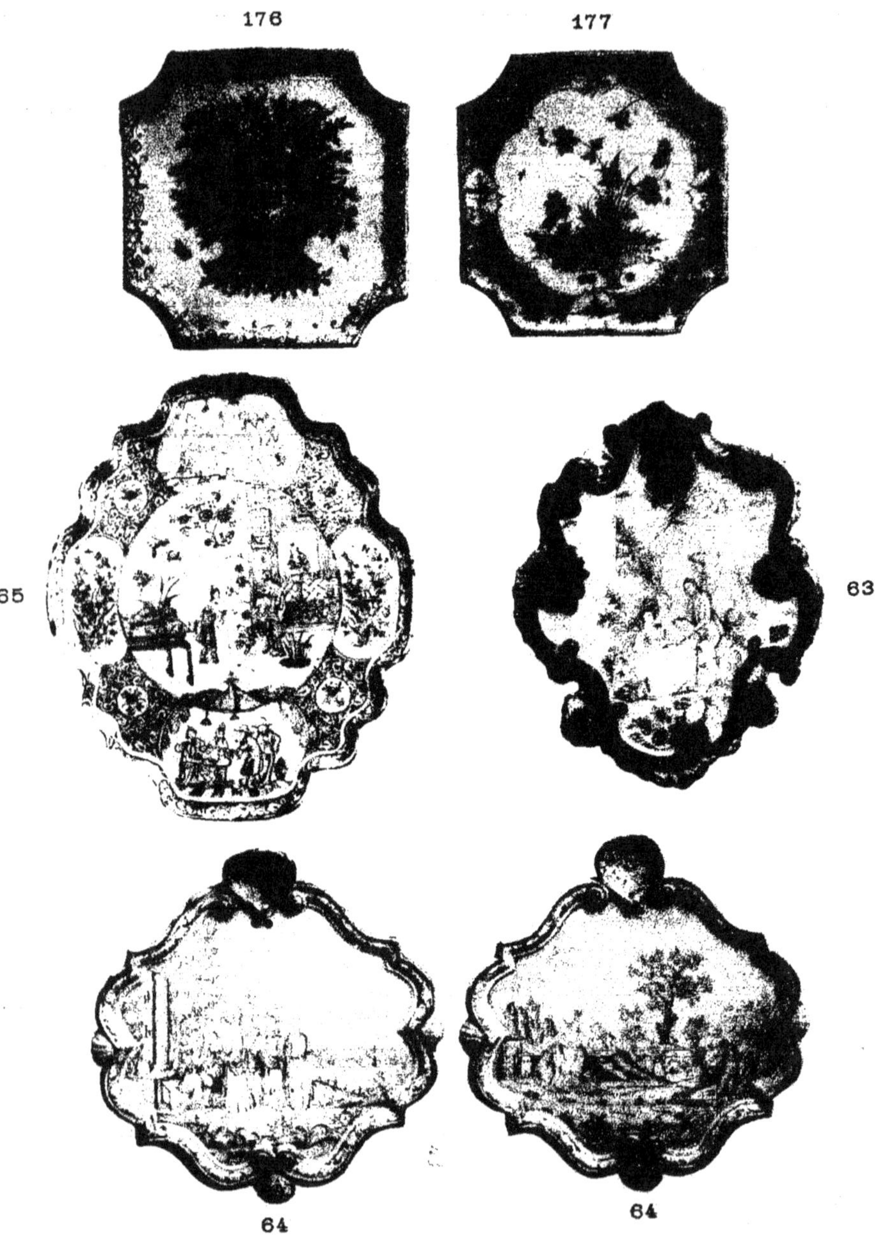

176
177
65
63
64
64

DÉSIGNATION DES OBJETS

FAÏENCES

1 — **Montauban.** Assiette genre Montpellier.

2 — **Alcora.** Assiette polychrome dite à la Marguerite.

3 — **Bergerac.** Assiette polychrome au Chinois.

4 — **Strasbourg.** Assiette Hannong.

5 — **Delft.** Plat polychrome.

> Diam., 35 cent.

6 — **Delft.** Porte-fleurs forme melon, bleu, avec couvercle.

> Diam., 20 cent.

7 — **Delft.** Plat bleu camaïeu.

> Diam., 35 cent.

8 — **Delft.** Assiette polychrome, arbre dans une arcade. Marque V O.

9 — **Delft.** Plat bleu profond, légèrement godronné sur les bords.

> Diam., 40 cent.

10 — **Delft.** Cornet bleu, camaïeu cannelé, évasé dans le haut.

> Haut., 24 cent.

11 — **Delft.** Cornet bleu, camaïeu cannelé, évasé dans le haut. Marque.

> Haut., 25 cent.

12 — **Delft.** Plaque rectangulaire, paysage bleu, encadré, moulure noir violeté.

> Haut., 20 cent.; larg., 17 cent.

13 — **Delft.** Plaque rectangulaire, paysage bleu, encadré, moulure noir violeté. Un saint.

Haut., 20 cent.; larg., 17 cent.

14 — **Delft.** Grand plat rond, polychrome, au perroquet.

Diam., 40 cent.

15 — **Delft.** Petit Lion, décor bleu.
16 — **Delft.** Petit Lion, décor violet.
17 — **Delft.** Enfant dans une chaire avec un coq.
18 — **Delft.** Une paire petites mules, polychrome, à talons Louis XV.
19 — **Nevers.** Assiette au ballon polychrome.
20 — **Nevers.** 2 assiettes patriotiques polychrome.
21 — **Nevers.** 2 assiettes patriotiques polychrome.
22 — **Alcora.** Plat ovale dit à la Marguerite.

Diam., 40 cent.

23 — **Marseille.** Plat ovale rose à bords verts.

Diam., 30 cent.

24 — **Moustier.** Plat bleu oblong à ressauts.
25 — **Sud-Ouest.** Assiette attributs maçonniques.
26 — **Sud-Ouest.** 2 assiettes fleurs de Lys vertes.
27 — **Bordeaux.** Joli plat ovale polychrome à godrons.
28 — **Bordeaux.** Porte-fleurs polychrome forme évasée, cottelé fleurs, mascarons relief jaune.

Larg. 24 cent.

29 — **Bordeaux.** Porte-fleurs polychrome forme évasée, cottelé fleurs, mascarons relief vert.

Larg., 21 cent.

30 — **Bordeaux.** Soupière polychrome violet manganèse décor chinois.

Long., 30 cent.

31 — **Bordeaux.** Porte-fleurs polychrome forme évasée.

Haut., 20 cent. ; larg., 21 cent.

32 — **Rouen.** Soupière à la corne, forme ovale.
33 — **Rouen.** Porte-huilier bleu et rouille, forme ovale, bombé, oreilles à tête d'ange.

Diam. 25 cent.

34 — **Rouen.** Cruche polychrome à panse, col étranglé au centre. Un saint, paysages de chaque côté. (Inscriptions *Françoise Delaunay 1783*).

35 — **Rouen.** Petite soupière ronde à la corne, beau coloris, bel émail.

Diam., 24 cent.

36 — **Rouen.** Petit plat creux octogone, bleu et manganèse.

37 — **Nevers.** Assiette polychrome. (Saint Louis, 1790).

38 — **Nevers.** Assiette polychrome (évêque).

39 — **Nevers.** Assiette polychrome (deux saints 1790).

40 — **Nevers.** Assiette polychrome (femme).

41 — **Nevers.** Assiette polychrome. (Saint avec une croix).

42 — **Talavéra.** Assiette bleue, au centre armoiries. (Inscription *Saint Antoine*).

43 — **Talavéra.** Plateau à piédouche, polychrome, cavalier et sanglier.

44 — **Urbino.** Petit plateau à piédouche, godrons, buste Minerve. Marque.

45 — **Montauban.** Plat ovale jaune, grotesque, genre Moustier.

46 — **Montpellier.** Assiette polychrome. Amour au pied d'un arbre.

47 — **Montpellier.** Plat ovale, polychrome. Amour au pied d'un arbre.

48 — **Sceaux.** Jolie jardinière demi-lune, camaïeu rose.

Haut., 12 cent.; larg. 22 cent.

49 — **Hispano-Mauresque.** Deux petits plats reflets.

50 — **Sceaux.** Jolie verrière ovale polychrome, rose dominant, genre Marseille.

Long., 31 cent. ; haut., 15 cent.

51 — **Paris.** Joli saladier polychrome genre Nevers, fabrique de Digne, représentant l'intérieur d'un forgeron, personnages. (Inscription *Touzin Le Roux, Michelle Françoise*.).

Diam., 33 cent.

52 — **Saint-Cloud**. Saladier polychrome genre Nevers, fabrique de Digne, sujet d'abattoir.

Diam., 32 cent.

53 — **Nevers** (Première période). Vase polychrome, personnages en médaillons, godrons, têtes de béliers en relief.

Haut., 28 cent.

54 — **St-Jean du Désert (faubourg de Marseille)**. Plat creux ovale Marly cottelé et dentelé bleu et blanc, le sujet bleu et violet.

Diam., 40 cent.

55 — **Rouen**. Assiette polychrome belle qualité, décor riche.

56 — **Moustier**. Plat creux ovale polychrome très fin, médaillon et guirlandes.

Diam., 30 cent.

57 — **Moustier**. Assiette creuse, guirlande, médaillon.

58 — **Ardus**. Plat ovale bleu décor Bérain, genre Moustier fin.

Diam., 40 cent.

59 — **Samadet**. Assiette polychrome à bords dentelés, guirlande, buste de femme au centre.

60 — **Samadet**. Assiette polychrome à bords dentelés, guirlande, buste différent.

61 — **Delft**. Petite potiche cottelée polychrome, décor oriental rouge et vert, sans couvercle.

Haut., 22 cent.

62 — **Delft**. Petite potiche cottelée polychrome, décor oriental rouge et vert, avec couvercle.

Haut., 28 cent.

63 — **Delft**. Plaque oblongue, en hauteur, rocailles en relief jaune et violet dominant, le sujet bleu camaïeu.

Haut., 38 cent.

64 — **Delft**. Deux plaques ovales bleu camaïeu, bords relief, sujets

Haut., 39 cent.; Larg., 36 cent.

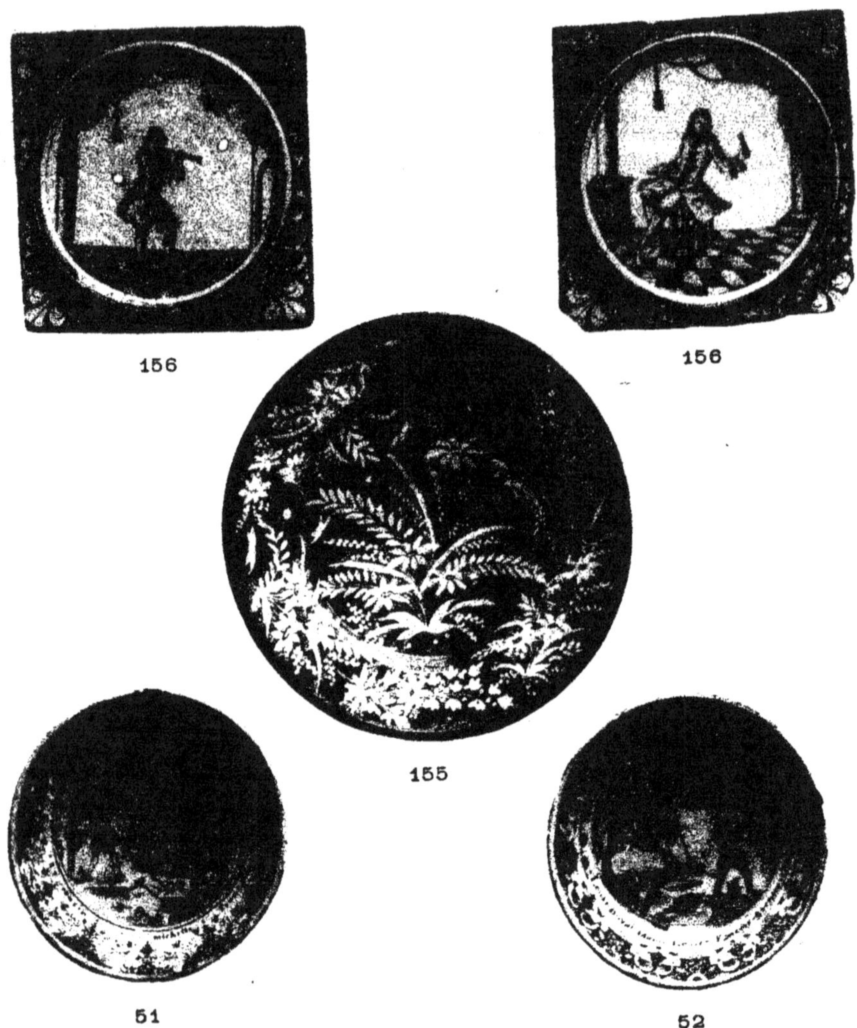

156

156

155

51

52

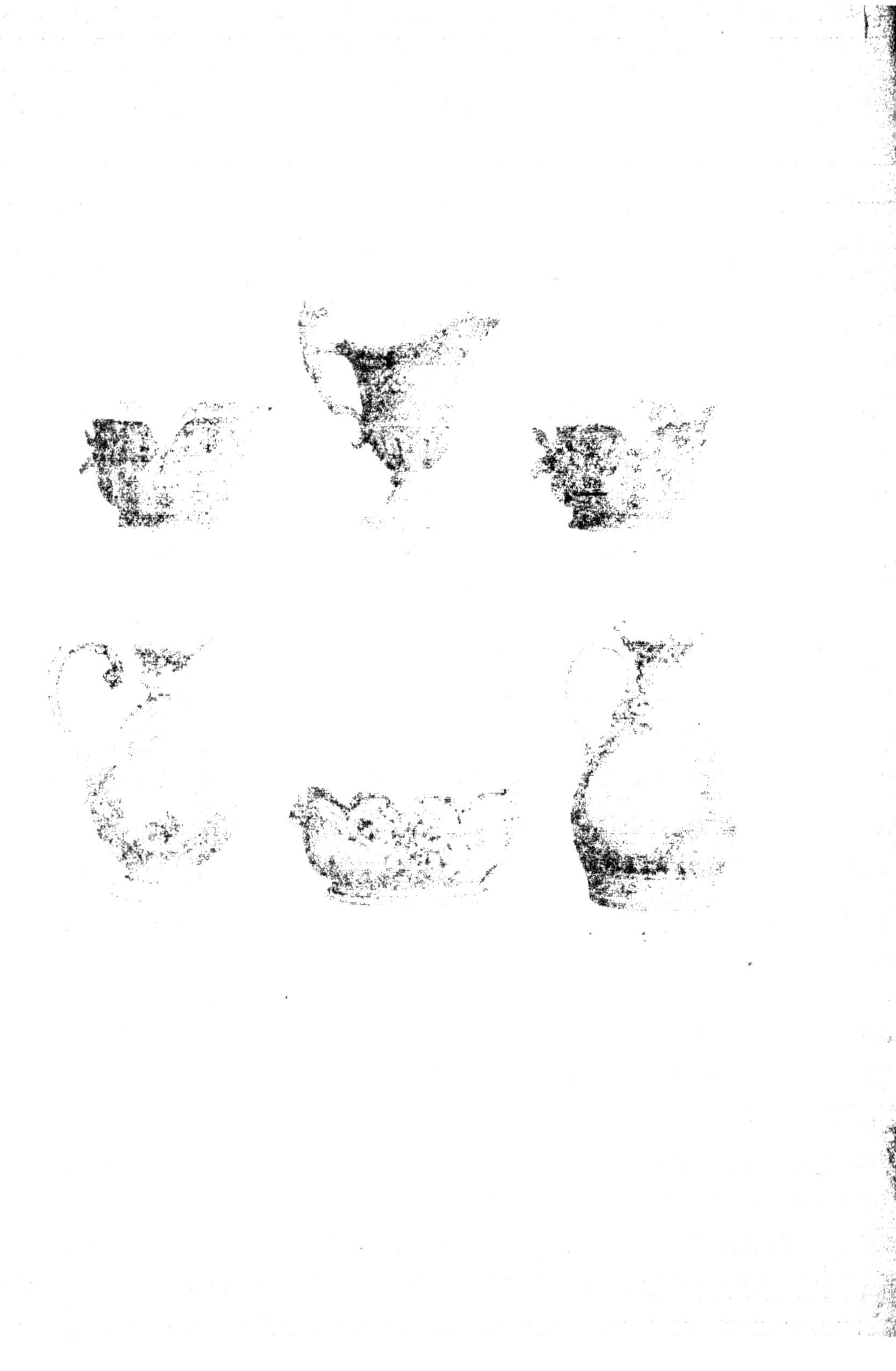

162 164 163

158 50 157

200

65 — **Delft.** Grande plaque ovale, en hauteur, en bleu camaïeu, bords relevés

Haut., 43 cent. ; Larg., 37 cent.

66 — **Moustier.** Deux grands corps de vases, bleu camaïeu, décor, guirlandes, fruits, paysages, médaillons Mascaron. Ces faïences ont été montées sur des pieds bois noir, les cols et les pieds ayant été cassés.

Haut. sans la monture, 37 cent.; larg., 34 cent.

67 — **Moustier.** Plat ovale, polychrome, au drapeau.

Diam., 35 cent.

68 — **Bordeaux Cartus.** Plat rond, armoiries.

Diam., 38 cent.

69 — **Bordeaux Cartus.** Assiette ronde, armoiries.

70 — **Nevers.** Grand porte-fleurs polychrome, à trois corps en forme de caissons, et en retrait, le dernier forme une tour, les angles reliés par des contreforts sont ajourés ainsi que les côtés des caissons et la tour.

Haut., 29 cent.; à la base, 24 cent. carrés.

71 — **Nevers.** Pot à surprise, polychrome, portrait de Napoléon Ier.

Haut., 22 cent.

72 — **Nevers.** Pot à surprise polychrome.

Haut., 20 cent.

73 — **Nevers.** Petite veilleuse polychrome, forme guérite, toit en poivrière, personnage, paysage.

Haut., 20 cent.

74 — **Urbino.** Salière sur pieds, formés par des anges en relief, décor polychrome, Raphaëlesque, jaune et gris.

Haut., 12 cent.

75 — **Urbino.** Salière sur pieds, formes par des anges en relief, décor polychrome Raphaëlesque, jaune et vert dominant.

Diam., 12 cent.

76 — **Rouen.** Plat creux, polychrome à la pagode, vert dominant, belle qualité.

Diam., 30 cent.

77 — **Rouen.** Plat creux, polychrome à la pagode, vert dominant, belle qualité.

Diam., 30 cent.

78 — **Montpellier.** Plat ovale, polychrome, fleurs.

Diam., 48 cent.

79 — **Flandre.** Cruche en gré, bleu et violet.

Diam., 22 cent.

80 — **Delft.** Plat bleu Camaïeu, à sujets bombés sur le marly, décor chinois.

Diam., 40 cent.

81 — **Delft.** Plat bleu à personnages chinois, godrons.

Diam., 34 cent.

82 — **Delft.** Deux assiettes polychrome à arcades et arbre.

83 — **Delft.** Deux assiettes polychrome fleurs et corbeilles.

84 — **Varages.** Plat rond, vert et manganèse. Grotesque.

85 — **Marseille.** Assiette vert Savy.

86 — **Rouen.** Plat ovale à la corne.

Diam., 30 cent.

Rouen. Porte-huilier à la pagode, ovale, bombé.

87 —

Diam., 28 cent.

Rouen. Porte-fleurs polychrome.

Haut., 9 cent. ; Larg., 16 cent.

88 — **Rouen.** Grande soupière ronde décor, roses, tulipes, fleurettes.

Diam., 37 cent.

89 — **Nevers.** Assiette polychrome femme, chien, oiseaux.

90 — **Nevers.** Assiette tombeau. (Inscription *aux Mannes de Mirabeau*).

91 — **Nevers.** Assiette attributs de musique.

92 — **Nevers.** Assiette attributs dans trois ovales.

93 — **Nevers.** Assiettes amours se balançant.

94 — **Nevers.** Porte-fleurs forme commode, polychrome.

Haut., 14 cent. ; Larg., 22 cent.

95 — **Sinceny.** Broc à robinet, forme de bonhomme assis, polychrome, décor petits personnages sur le vêtement.

Haut., 35 cent.

96 — **Nidervillers.** Trois jolies corbeilles ajourées, polychrome, bouquet de roses dans les fonds. anses torses.

97 — **Delft.** Statuette polychrome petit homme à cheval.

Haut., 22 cent.

98 — **Delft.** Petite vache décorée à froid.

99 — **Delft.** Autre petite vache décorée à froid.

100 — **Delft.** Cheval harnaché, polychrome.

101 — **Bordeaux.** Soupière ronde, polychrome. fleurs. anses torses, fruits relief.

Haut., 24 cent. : larg., 25 cent.

102 — **Montauban.** Jolie buire. Camaïeu bleu. décor Callot.

Haut., 22 cent.

103 — **Montauban** genre **Montpellier.** Pot à eau et sa cuvette. fleurs sur fond jaune, bords rocaille, cuvette sur quatre pieds.

Haut. 29 cent.; larg. 35 cent.

104 — **Savone.** Plat bleu Camaïeu. bords dentelés. ange au centre. Pièce importante.

Haut., 30 cent.

105 — **Varages.** Belle fontaine et sa vasque. Cartouches rocailles entourant des fleurs en violet manganèse. Le couvercle manque.

106 — **Paris.** Plat à poisson, terre de pipe. personnages espagnols.

Haut., 70 cent.

107 — **Paris.** Fruitier à couvercle et plateau terre de pipe blanche de la rue du Pont aux Choux.

Haut., 14 cent.; larg. 25 cent.

108 — **Montauban.** Soupière haute à côtes genre Montpellier, fleurs, bords jaunes.

Haut., 27 cent. ; Diam., 26 cent.

109 — **Bordeaux.** Plat ovale bleu.

Diam., 40 cent.

110 — **Rouen.** Plat ovale bleu camaïeu.

Diam., 50 cent.

111 — **Moncaut, sud-ouest.** Deux porte-fleurs polychrome demi-lune, fruits en relief, aux oreilles guirlande fleurs.

Larg., 22 cent.

112 — **Bordeaux.** Porte-fleurs polychrome cottelé.

Larg., 22 cent.

113 — **Bordeaux.** Porte-fleurs polychrome demi-lune, fleurs.

Larg., 12 cent.

114 — **Moustier-Varages.** Sucrier à poudre sur plateau, sa cuillère, son couvercle vert et manganèse.

Larg., 23 cent.

115 — **Urbino.** Plateau à piédouche polychrome godronné.

116 — **Montpellier.** Plat ovale polychrome, deux amours auprès d'une fontaine.

117 — **Delft.** Assiette bleue, décor chinois.

118 — **Delft.** Assiette bleue, paysage.

119 — **Bordeaux.** Deux porte-bouquets double face polychrome, forme éventail, à six tubes, sur pied circulaire, tête d'ange dans des rocailles en relief.

Haut., 30 cent.

120 — **Moncaut, sud-ouest.** Petite écuelle, polychrome fleurs, personnages.

121 — **Delft.** Plat rond, fond jaune, décor bleu, armoiries au centre, pièce rare.

Diam., 35 cent.

122 — **Delft.** Plat bleu Camaïeu, sujet biblique.

Diam., 30 cent.

166
165
167
168
172
169
62
173
61

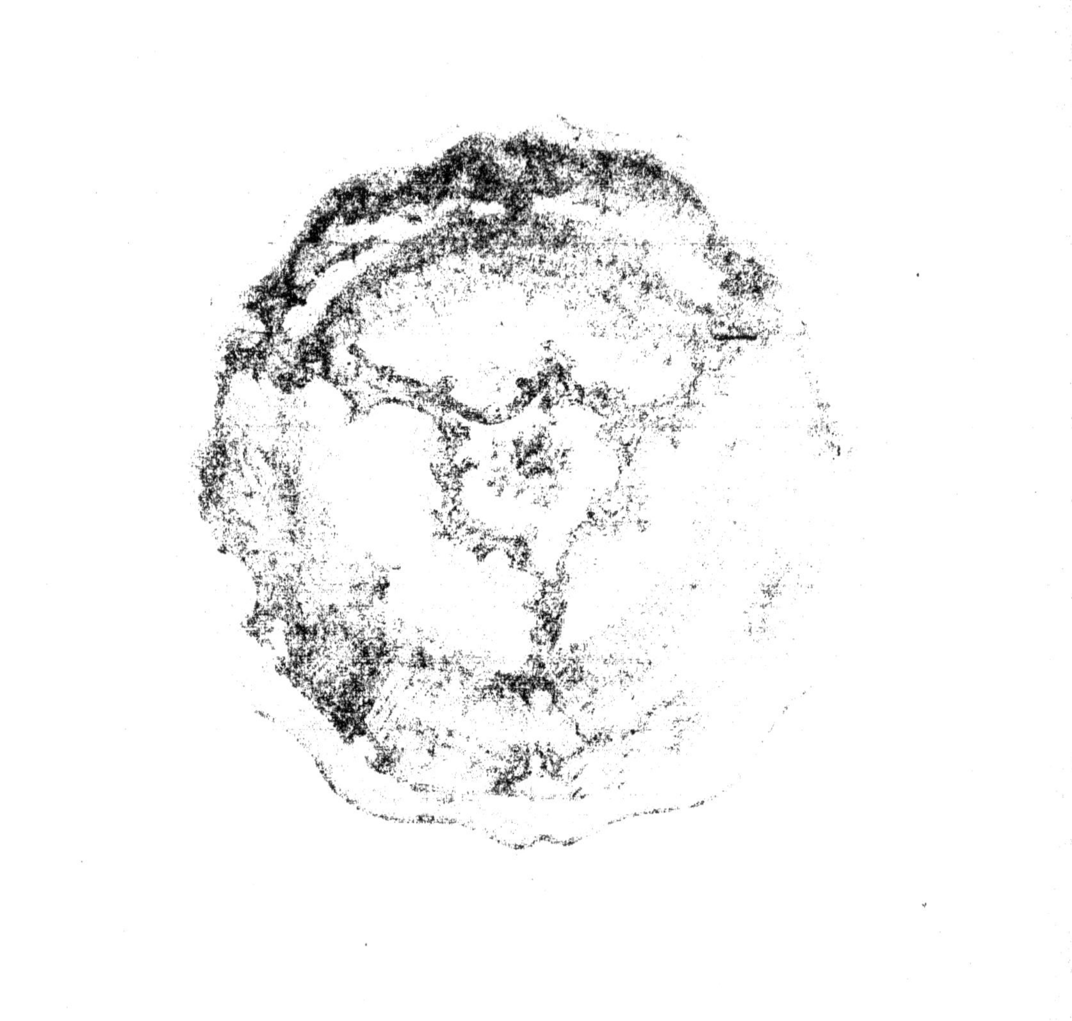

174

123 — **Delft.** Plat polychrome fin à sujet divers, bleu et rouge dominant.

124 — **Savone.** Plat bleu, marly ajouré.

Diam., 25 cent.

125 — **Savone.** Plat bleu, marly ajouré.

Diam., 25 cent.

126 — **Urbino.** Plateau à piédouche polychrome, à godrons.

Diam., 25 cent.

127 — **Urbino.** Plateau à piédouche polychrome, sujets grotesques.

Diam., 25 cent.

128 — **Urbino.** Plateau à piédouche polychrome, sujets grotesques.

Diam., 25 cent.

129 — **Turner.** Sept assiettes, polychrome, terre de pipe.

130 — **Turner.** Deux assiettes polychromes, terre de pipe, bustes comme sujets.

131 — **Moustier.** Assiette polychrome à guirlandes, sujet à médaillon

132 — **Moustier.** Assiette polychrome à guirlandes, sujet à médaillon.

133 — **Moustier.** Petit plat creux au drapeau godronné.

134 — **Montpellier.** Grand plat ovale polychrome à fleurs.

Diam., 48 cent.

135 — **Nevers.** Assiette patriotique.

136 — **Strasbourg.** Assiette patriotique.

137 — **Montauban.** Genre Moustier plat bleu Bérain.

Diam.: 40 cent.

138 — **Bordeaux.** Plat ovale, décor chinois dentellé, godronné.

Diam., 33 cent.

139 — **Beauvais.** Plat creux genre Palissy, dentelé, mascarons tout le tour du marly, feuillage dans le centre, xviime siècle.

Diam., 23 cent.

140 — **Rouen.** Beau plat ovale polychrome, bouquets fleurs.

Diam., 45 cent.

141 — **Bordeaux.** Porte-fleurs circulaire à ressauts, Camaïeu bleu, chapeau de Cardinal, cartouches armoiries.

Haut., 9 cent. ; Diam., 23 cent.

142 — **Rouen.** Joli cachepot polychrome, œillets et grenades (Exposition 1865).

Haut., 17 cent. ; Diam., 26 cent.

143 — **Rouen.** Flacons à pans bleu et rouille.

Haut., 23 cent.

144 — **Rouen.** Flacon à pans bleu, rouille et vert.

Haut., 23 cent.

145 — **Bordeaux.** Jolie soupière polychrome forme oblongue cottelée, roses, tulipes, fleurettes, papillons, têtes d'anges relief.

Haut., 30 cent. ; Larg., 30 cent.

146 — **Bordeaux.** Soupière ovale polychrome oreilles en relief.

Diam., 26 cent.

147 — **Bordeaux.** Deux porte-fleurs polychrome cannelés avec petit dossier, bouquet de fleurs.

Haut., 20 cent.

148 — **Bordeaux.** Deux porte-fleurs polychrome forme éventail à tubes, sur pieds ronds.

Haut., 23 cent.

149 — **Bordeaux.** Deux porte-fleurs bleu Camaïeu, forme éventail à tubes.

150 — **Bordeaux.** Corps de fontaine à pans polychrome, genre Montpellier, fleurs, amours, guirlandes. sujet Mars et Vénus.

Haut., 62 cent. ; Larg., 25 cent.

151 — **Moustier.** Porte-huilier rectangulaire à angles coupés, mascarons relief, décor Callot (*signature d'Oléry*).

Long. 23 cent.

152 — **Delft.** Jolie bouteille bleu Camaïeu, forme à pans et renflements.

Haut., 25 cent.

153 — **Delft.** Deux petites potiches, polychrome, dorées, de la grande marque Pinaker (Exposition 1865).

Haut., 17 cent.

154 — **Delft.** Une petite bouteille dorée, de la grande marque Pinaker (Exposition 1865).

Haut., 17 cent.

155 — **Nevers.** Grand plat à décor blanc fixe sur fond bleu de gros perse. Pièce importante.

Diam., 47 cent.

156 — **Rouen.** Deux plaques carrées en bleu, pièces très intéressantes et très rares, époque Louis XIV.

Diam, 34 cent.

157 — **Rouen.** Broc important polychrome, le décor entre les médaillons sur fond gros bleu superbe de coloris, paysage bleu et vert (*Richard Caumont, Catherine Joly*) (Exposition 1865).

Haut., 38 cent.

158 — **Rouen.** Broc important polychrome, sujet Sainte-Madeleine, les deux mascarons à droite et à gauche, sont en relief et ajourés sur la panse.

Haut., 35 cent.

159 — **Nevers.** Pot à surprise polychrome, sujet marine, inscription au-dessous : *Monsieur Couil 1804.*

Haut., 20 cent.

160 — **Savone.** Deux jolis vases à fleurs polychrome gros bleu dominant, six becs tubes autour et au haut de la panse, sujets variés très amusants, chasse, pêche, promenade etc.

Haut., 20 cent.

161 — **Sceaux.** Cafetière, bleuets sur fond blanc.

162 — **Rouen.** Une belle verrière bleu Camaïeu, pièce remarquable et belle conservation (Exposition de Bordeaux 1865).
> Haut., 15 cent. ; Diam., 30 cent.

163 — **Rouen.** Une belle verrière bleu Camaïeu, pièce remarquable et belle conservation (Exposition 1865).
> Haut., 15 cent. ; Diam., 30 cent.

164 — **Moustier.** Hanape forme casque, bleu décor Bérain, mascaron armoiries de marquis, conservation remarquable (Exposition 1865).
> Haut., 30 cent. ; Larg., 29 cent.

165 — **Bordeaux-Cartus.** Plat ovale, polychrome armoiries
> Diam., 32 cent.

166 — **Bordeaux-Cartus.** Assiette ovale, polychrome armoiries.

167 — **Bordeaux-Cartus.** Assiette supérieure. (Inscription *Cartus Burdig*).

168 — **Rouen.** Jardinière oblongue à ressauts bleu Camaïeu et trois compartiments, xviiᵉ siècle.
> Diam., 45 cent.

169 — **Marseille.** Charmant sucrier à poudre, polychrome, rose carmin dominant, décor rocaille ajouré, plateau adhérent. Très bien conservé.
> Haut., 27 cent. ; Long., 24 cent.

170 — **Marseille.** Charmant sucrier à poudre, polychrome, rose carmin dominant, décor rocaille ajouré, plateau adhérent. Très bien conservé.
> Haut., 27 cent. ; Long., 24 cent.

171 — **Delft.** Plaque rectangulaire, l'encadrement polychrome en relief, le sujet bleu.
> Haut., 24 cent. ; Larg., 20 cent.

172 — **Nidervillers.** Charmante petite soupière ronde polychrome à reliefs, vert et carmin dominant. Époque Louis XV, intacte.
> Haut., 16 cent. ; Long., 24 cent.

178
183
53

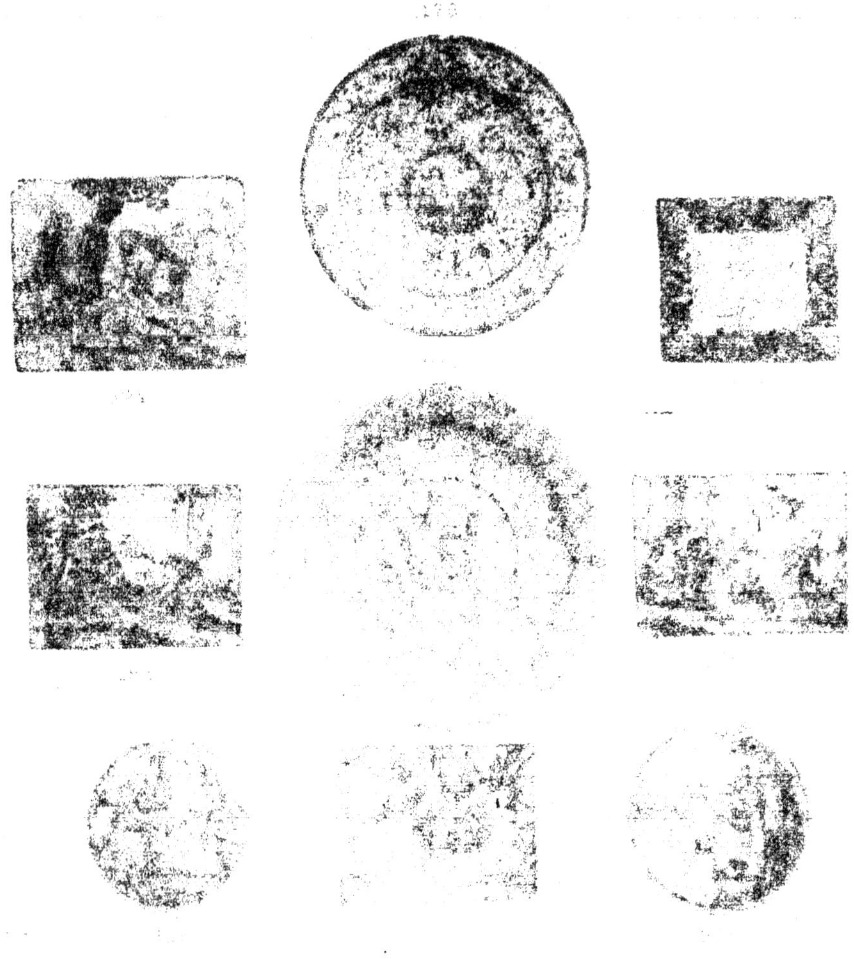

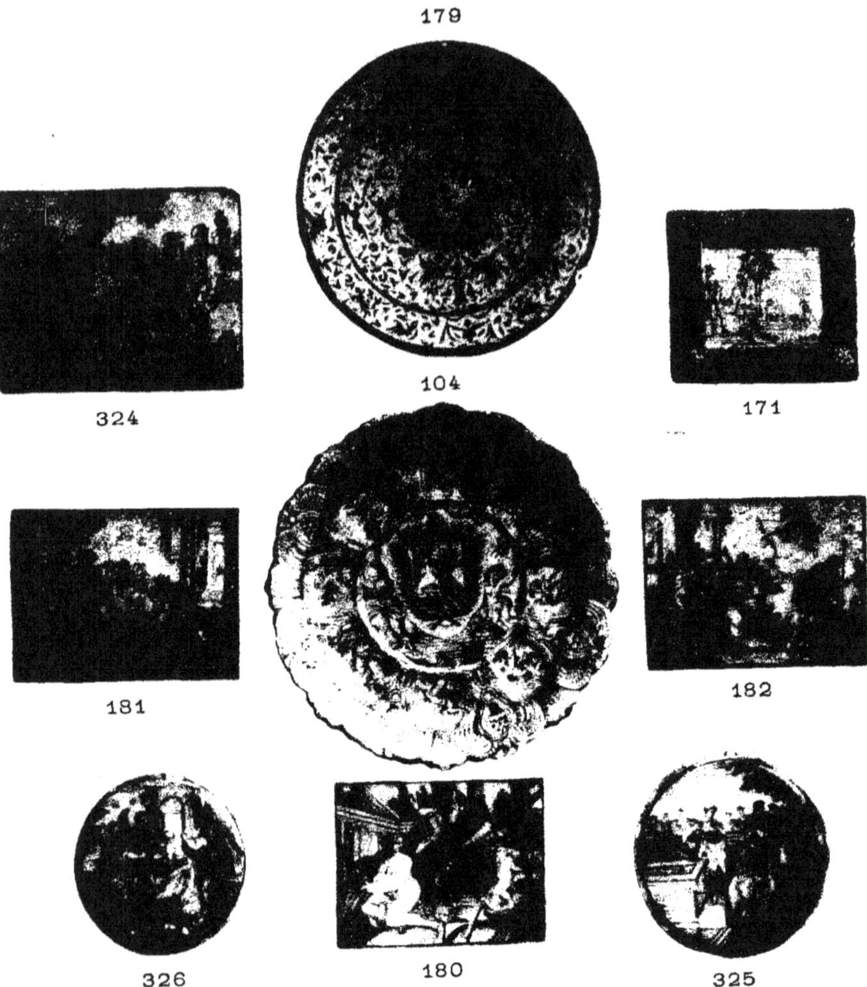

179

324

104

171

181

182

326

180

325

173 — **Nidervillers.** Le plateau de cette soupière intact.
Long., 24 cent. 1/2.

174 — **Varages.** Superbe assiette Louis XV polychrome extra supérieur, composée de trois vues encadrées par des motifs rocaille, jaune de chrome et noir. ~~Les trois sujets sont d'une très grande finesse et d'une parfaite exécution.~~

Vue de Notre-Dame de Paris.

Vue du Palais de Versailles, coté du jardin.

Vue maritime. (Inscription au-dessous : *Monsieur Le Chevalier de Barreau*). ~~Conservation admirable.~~

175 — **Varages.** Assiette polychrome, Saint-Pierre dans un motif rocaille, même facture que la précédente.

176 — **Delft.** Plaque carrée polychrome à angles rentrants, au centre un panier de fleurs.
Diam., 29 cent.

177 — **Delft.** Plaque carrée polychrome, très fine, au centre corbeille et fleurs, bleu et rouge dominant. ~~Pièce de goût.~~
Diam., 27 cent.

178 — **Delft.** Très belle potiche camaïeu bleu à la marque chinoise d'une réussite exceptionnelle.
Diam., 43 cent.

179 — **Urbino.** Grand plat décor Raphaëlesque, jaune dominant.
Diam., 39 cent.

180 — **Castelli.** Plaque rectangulaire polychrome. Suzanne et les vieillards.
Haut., 26 cent. ; Larg., 20 cent. 1/2

181 — **Castelli.** Plaque rectangulaire polychrome.
Haut., 28 cent. 1/2 ; Larg., 24 cent.

182 — **Castelli.** Plaque rectangulaire polychrome sujet différent.
Haut., 28 cent 1/2 ; Larg., 24 cent.

183 — **Alcora**. Très grande potiche polychrome, jaune et vert dominant, fleurs, oiseaux, mascarons, papillons. (Inscription *Mostarda sopra-fina*).

Haut., 78 cent.

184 — **Saint-Jean du Désert**, (Faubourg de Marseille). Grande plaque sujet pastoral en camaïeu bleu, encastrée dans une table bois Louis XV parfait état.

Larg., 30 cent. ; Haut., 22 cent.

185 — Cadre de huit carreaux de revêtement espagnol, polychromes divers.

Le cadre, 30 cent. carrés.

186 — Cadre de quatre carreaux de revêtement espagnol, polychromes divers.

Le cadre, 22 cent. carrés.

PORCELAINES SAXE

187 — **Saxe**. Deux jolies petites cafetières, décor chinois, polychrome.

Haut., 15 cent.

188 — **Saxe**. Très jolie cafetière polychrome (Luwisbourg), fleurs, fruits, sur pied rocaille.

Haut., 22 cent.

189 — **Saxe**. Deux statuettes soldats Louis XV, arme au pied, habit bleu, gilet chamois.

Haut., 11 cent. 1/2.

190 — **Saxe**. Deux statuettes soldats Louis XV, arme au pied, habit blanc, gilet bleu.

Haut., 11 cent.

191 — **Saxe**. Statuette seigneur Louis XV en habit d'apparat.

Haut., 15 cent.

192 — **Saxe**. Statuette, le marchand de coquillages.

Haut., 15 cent.

193 — **Saxe**. Statuette, le joueur de flûte.

Haut., 15 cent.

194 — **Saxe**. Quatre tasses et soucoupes, décor chinois.

195 — **Saxe**. Joli ravier forme de feuille, décor fleurs, fruits.

196 — **Saxe**. Joli ravier forme de feuille, décor fleurs, fruits.

197 — **Saxe**. Ravier forme coquille, fleurs, fruits.

PORCELAINES DIVERSES

198 — Assiette marly doré, tout le fond paysage très fin.

199 — Petite cafetière décor saxe, fleurs.

200 — **Sèvres**. Trembleuse époque 1830, fond en fleurs sur fond réserve.

201 — **Locray**. Quatre tasses et soucoupes, décor roses sur fond blanc.

CHINE

202 — **Chine**. Très beau plat bleu, rouge et or, coloris superbe.

203 — **Chine**. Belle assiette famille verte, personnages le marly, quadrillé vert (insectes)

204 — **Chine**. Petit plat creux, famille rose. Assiette personnage, dragon.

205 — **Chine**. Deux assiettes à bords gondolés. Grande assiette famille rose.

206 — **Chine**. Assiettes à bords gondolés, Cie des Indes. Assiette creuse polychrome.

207 — **Chine**. Deux assiettes rouge et or. Assiette Cie des Indes, (vue d'un port).

208 — **Chine**. Six assiettes fines décor relief blanc sur le
marly, paysage rouge sanguine au milieu.

209 — **Chine**. Six assiettes fines décor relief blanc sur le
marly, paysage rouge sanguine au milieu.

210 — **Chine**. Grand plat famille verte, paysage s'étendant
sur le marly.

211 — **Chine**. Un plat rond bleu. Un plat ovale pans coupés bleu.

212 — **Chine**. Un grand plat rouge et or, bords gondolés,
armoiries sur le marly.

213 — **Chine**. Très grand bol famille verte.

Diam., 40 cent. ; Haut., 17 cent.

214 — **Chine**. Très grand plat polychrome.

Diam., 56 cent.

215 — **Chine**. Soupière Cⁱᵉ des Indes, fleurs et fruits.

Diam., 20 cent, ; Haut., 16 cent.

216 — **Chine**. Deux tasses différentes et leur soucoupe.

217 — **Chine**. Petite cafetière famille verte.

218 — **Chine**. Deux très petits vases famille verte.

219 — **Chine**. Deux jolies petites potiches famille verte.

220 — **Chine**. Deux petites tasses forme fleurs d'eau, rose
et verte.

221 — **Chine**. Très belle cuvette et son pot-à-eau famille
verte. Garniture argent.

222 — **Chine**. Saucière Compagnie des Indes.

223 — **Chine**. Deux jolies tasses et soucoupe.

224 — **Chine**. Trois tasses différentes sans soucoupe.

MEUBLES

225 — Console d'angle Empire, ronde, trois colonnes,
sans bronze.

226 — Console Empire, rectangulaire, colonnettes et
bronzes.

Larg , 80 cent. ; Prof,, 39 cent.

238

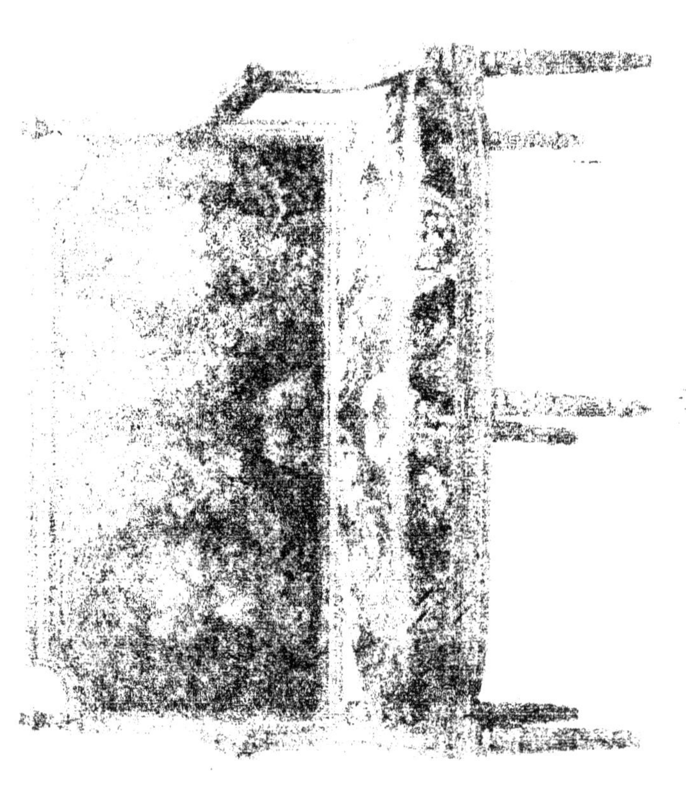

245

227 — Deux chaises époque Louis XIII, torses, haut
dossier recouvert.

228 — Petite table Louis XIII pieds torses.

229 — Petite console fin du xviiⁱᵉ siècle à quatre colonnettes plaquées acajou, filets cuivre.

Larg., 80 cent.; Prof., 45 cent.

230 — Une pannetière en noyer.

231 — Deux banquettes Louis XVI.

Long., 1 m. 45 cent.; Larg., 45 cent.

232 — Petite table à volets, époque restauration, incrustations cuivre sur marquetterie palissandre.

233 — Petite commode Louis XV, tête de lion aux
anneaux des tiroirs.

Larg., 80 cent. ; Prof., 50 cent.

234 — Commode Louis XIV, marquetée bois de rose, garniture bronze doré. Pièce importante.

Larg., 1 m. 30 cent.; Prof., 65 cent.

235 — Petit cabinet italien écaille rouge, ébène guilloché,
garniture bronze doré.

Larg., 82 cent.; Prof., 39 cent.; Haut., 63 cent.

236 — Grande table bureau fin Louis XIV, à deux faces,
plaquée ébène, filets cuivre, bronze doré.

Long., 2 m. ; Larg., 80 cent.

237 — Petite table bureau, forme haricot, époque Louis XV,
original, en bois des Iles plein sans bronze.

Long., 1 m. ; Prof., 32 cent.

238 — Grand cabinet italien, marquetterie qualité extra,
monté sur six colonnettes torses évidées, le
milieu s'ouvre en forme de tabernacle.

Haut., 1 m. 70 c. ; Larg., 1 m. 30 c. ; Prof., 1 m. 50 c.

239 — Table à jeu ronde, époque Directoire, se rabattant,
acajou et cuivre.

Diam., 90 cent.

240 — Commode Louis XIV, marquetée à trois tiroirs, forme bombée, dessus en bois, les bronzes redorés.

Larg., 1 m. 75 cent. ; Prof., 65 cent.

241 — Console demi-lune à quatre pieds en bois doré, époque Louis XVI, marbre blanc.

Larg., 1 m. 10 cent. ; Prof., 50 cent.

242 — Grande glace Louis XIV dorée, avec fronton, miroir entre baguettes sur les cotés.

Haut., 1 m. 50 cent. ; Larg , 85 cent.

243 — Table Louis XV rectangulaire bois naturel, sculpture sur les pieds et la ceinture.

244 — Jolie table tric-trac Louis XVI acajou et filets.

Larg., 80 cent. ; Prof., 60 cent,

245 — Petit canapé Louis XVI doré et entièrement sculpté, provenant des appartements du roi, couvert soie verte moderne, ~~pièce extra~~.

Long., 1 m. 05 c. ; Prof., 55 c. ; Haut., 95 c.

246 — Deux fauteuils Louis XVI dorés à médaillons, entièrement sculptés, recouverts soie verte.

247 — Deux chaises Louis XVI dorées, entièrement sculptées, soie verte.

248 — Grande gondole Louis XVI dorée, complètement sculptée, soie verte.

249 — Grand bois de canapé Louis XVI sculpté, fin, rubans entrelacés, peint en gris.

Long., 1 m. 80 cent. ; Prof. 70 cent.

250 — Deux grands fauteuils régence sculptés, bois naturel, couverture moderne.

251 — Bois de fauteuil Louis XVI carré, feuilles d'achantes aux consoles.

252 — Bois de fauteuil Louis XVI, carré. très fin, laqué gris, raies de cœur, perles, corde. feuilles d'eau, feuilles d'achantes.

253 — Table toilette Louis XVI à coulisses, en acajou, cuivre, bronze, pièces d'ébénisterie d'un fini remarquable, ~~qualité supérieure~~.

Larg., 90 c. ; Haut., 60 c. ; Prof., 60 c.

254 — Grand bois de lit, ~~deux personnes~~, Louis XVI. bois naturel, complètement sculpté. Entrelacs, cannelures, pommes de pins etc.

Long., 1 m, 95 c. ; Larg., 1 m. 65 c.

255 — Bois de lit Louis XVI et son ciel de lit laqué blanc. à colonnettes, entièrement sculpté, cannelures, feuilles d'achantes, feuilles d'eau, palmettes, godrons, raies de cœur.

Long., 1 m. 85 c. ; Larg., 1 m. 50 c.

256 — Quatre bois de fauteuil Louis XVI, carré à colonnettes, entièrement sculptés, bois naturel, ~~pièces extra~~.

Haut., 92 c. ; Prof., 55 c. ; Larg., 53 c.

257 — Grand bois de bergère Louis XVI carré. sans colonnettes, entièrement sculpté, peint en gris.

258 — Bois de fauteuil Louis XVI carré, laqué.

259 — Commode Louis XVI rectangulaire trois tiroirs. plaqué racine.

Larg., 1 m. 18 cent. ; Prof., 60 cent.

260 — Table Louis XIII rectangulaire, pieds torses.

Larg., 95 cent. ; Prof., 60 cent.

261 — Un meuble de salon régence composé de quatre grands fauteuils et deux chaises, couverture moderne, noyer sculpté naturel.

262 — Deux jolies encoignures Louis XVI marquetterie, bois de rose, attributs de musique.

Larg., 65 c. ; Prof., 38 c. ; Haut., 80 c.

263 — Deux grandes gondoles Louis XVI entièrement sculptées, feuilles d'achantes, feuilles d'eau, bois naturel

264 — Un canapé Louis XVI forme gondole, recouvert en tissu moderne.

265 — Paire de chenets Louis XV bronze, à personnages.

Haut., 23 cent. ; Larg., 22 cent.

266 — Deux beaux bois de fauteuil régence, couleur naturelle, recouverts en blanc.

267 — Paire de chenets, premier Empire, en bronze, têtes de sphinx.

Haut., 17 cent. ; Larg. 20 cent.

268 — Petite commode marquetterie et bronze à deux tiroirs, époque Louis XV, forme très gracieuse.

Larg., 75 c. ; Prof., 50 c. ; Haut., 82 c.

269 — Très beau meuble, cabinet italien, sur colonnes torses, marquetterie soignée, métal blanc sur fond écaille rouge, quantité de tiroirs, porte à deux vantaux au millieu, le meuble est encadré par des sculptures bois doré époque commencement du xviiie siècle.

270 — Petite pendule Louis XVI marbre blanc et bronze doré.

BOIS SCULPTÉS

271 — Très beau devant de coffre en bois sculpté représentant sept saints en relief, belle conservation.

Haut., 1 m. 65 cent. ; Larg., 67 cent.

272 — Petit panneau de porte d'armoire renaissance, en noyer, sculpture très artistique représentant les cinq sens (genre Coltzius), belle conservation.

IVOIRE

273 — Vierge du xviie siècle belle patine, manque les mains.

Haut., 27 cent.

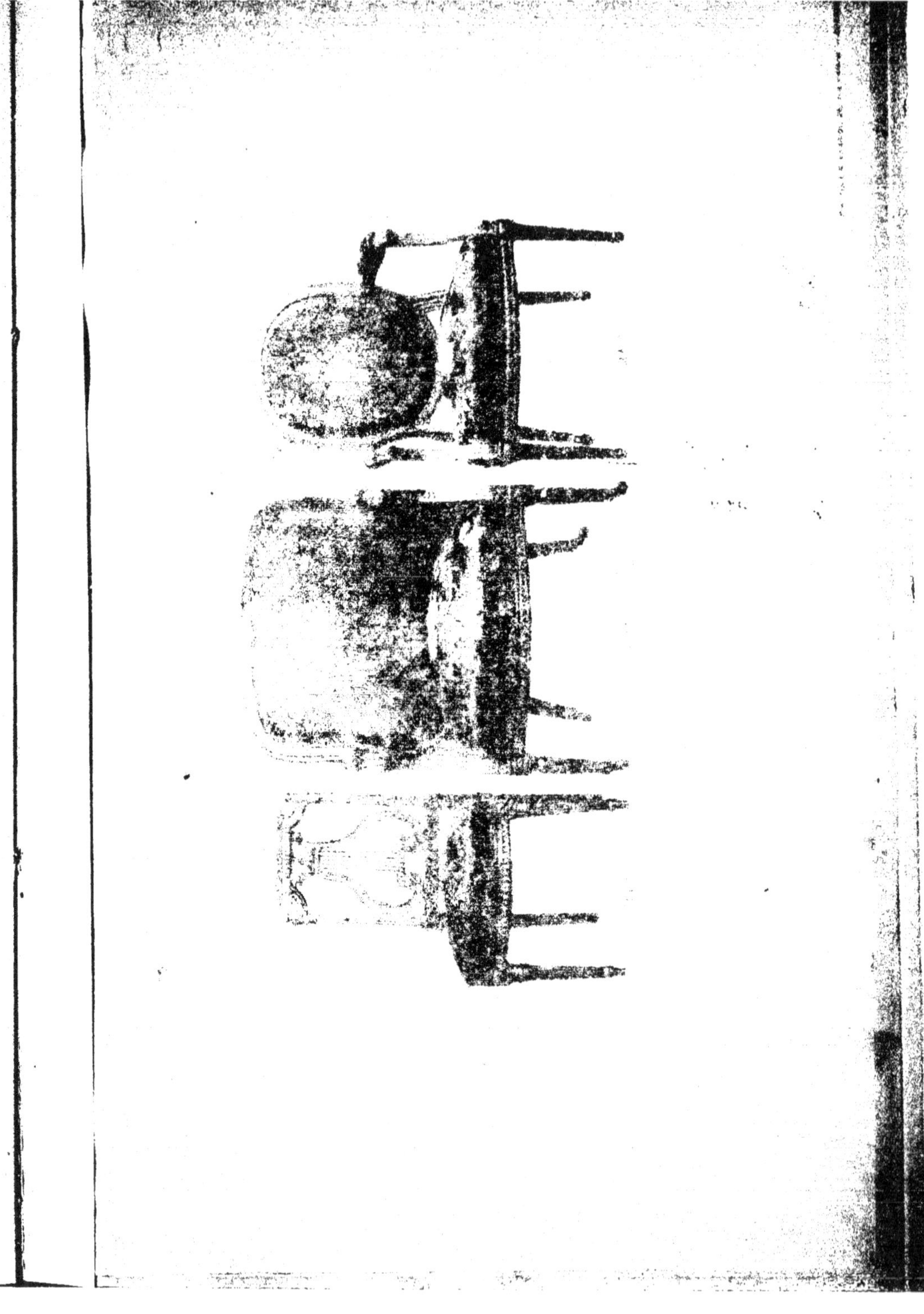

247   248   246

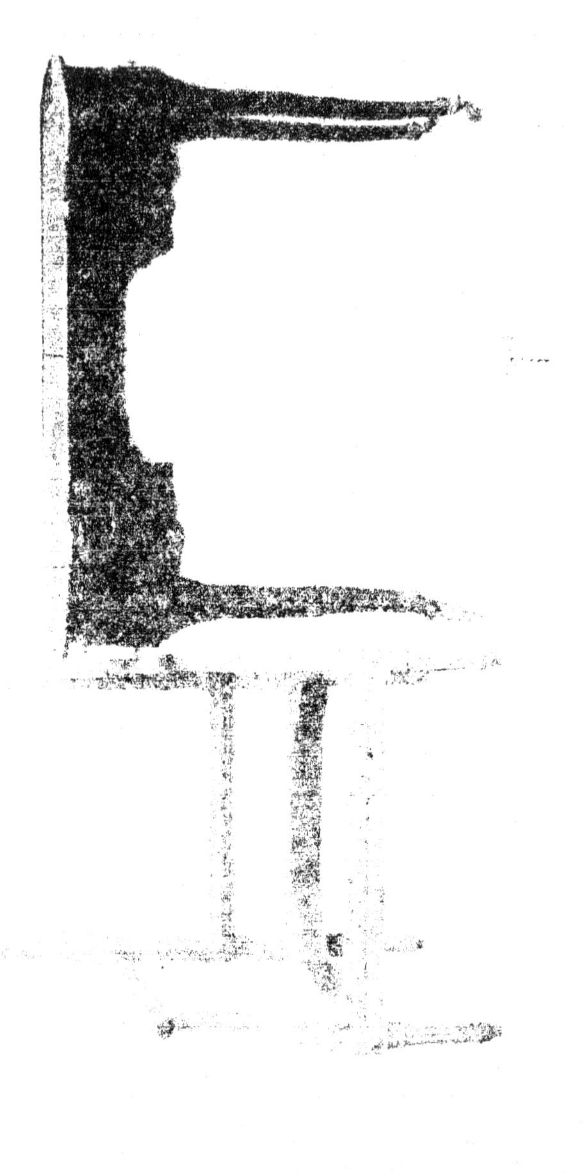

Photographie G. Chauvin, 45, rue d'Assas

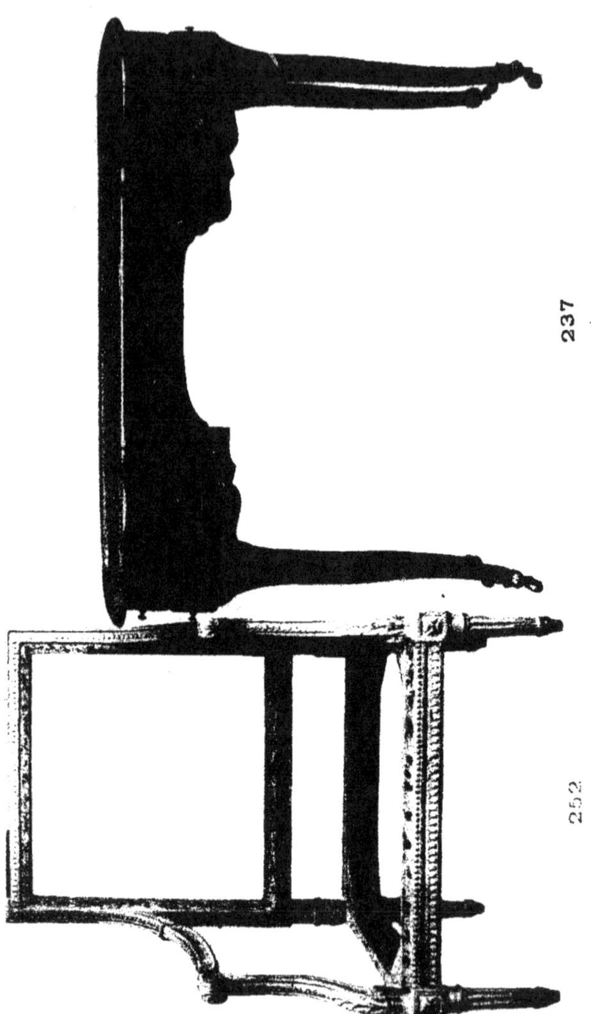

237
252

TAPISSERIE

~~Belle et agréable~~ tapisserie des Flandres, du XVIe siècle,
représentant un chargement de caravane.

Les personnages en quantité sont demi gran-
deur naturelle dont beaucoup de petits, très bien
dessinés et groupés dans un paysage verdure très
pittoresque.

La bordure, très importante, est excessivement
riche et variée de sujets. — Figurines, cariatides,
animaux, oiseaux, attributs etc., ~~le tout s'assimi-
lant avec une facilité étonnante à un ensemble de
fleurs des plus variées, produit un effet des plus
harmonieux et en même temps des plus amusant.~~

Long., 5 m. 25 c. ; Haut., 3 m. 25 c.

OBJETS DIVERS

274 — Plat de quête en cuivre repoussé, à sujets.

275 — Plat de quête en cuivre repoussé, à sujets.

276 — Plat de quête en cuivre repoussé, à sujets.

277 — Deux médaillons en bronze vert dans des cadres
bronze doré, époque 1830.

278 — Petit coffret écaille rouge, garniture bronze doré.

279 — Miniature sur porcelaine, Napoléon Ier dans un
cadre carré.

280 — Deux médaillons en bronze, sous verre, encadrés,
Napoléon Ier et l'Impératrice.

281 — Un médaillon en terre cuite de Nini, extra-fin,
conservation parfaite. Louis XV.

282 — Un médaillon en terre cuite de Nini, extra-fin
conservation parfaite. Marie-Thérèse de Hongrie.

283 — Deux bustes marbre blanc sur socles, Voltaire et
Molière.

Haut., 26 cent.

284 — Buste biscuit de Sèvres, Bonaparte consul.

> Haut., 24 cent.

285 — Buste marbre blanc sur colonne, inconnu.

> Haut., 35 cent.

286 — Plaque bronze doré dans un cadre écaille rouge, travail italien du xviie siècle.

287 — Plaque bronze doré dans un cadre écaille rouge. travail italien du xviie siècle.

BIBELOTS OBJETS DE VITRINE

288 — Montre Louis XV, cuivre doré repoussé, et son boîtier.

289 — Deux objets : Médaillon filigramme argent doré, Sainte-Félire de Valois ; petit flacon et chainette argent doré, Sainte-Félire de Valois.

290 — Trois objets : Boîte oblongue en cuivre gravé du xviiie siècle.
Petite bonbonnière, pierre dure, cuivre doré.
Petit éventail Empire, à paillette.

291 — Jolie petite image russe, peinte sous enveloppe, argent doré.

292 — Bonbonnière en pierre dure et or, miniature d'un pape.

293 — Grande tabatière écaille noire, incrustations argent et nacre, époque xviiie siècle, initiales.

294 — Petite bonbonnière écaille noire, incrustations argent et nacre, époque xviiie siècle, forme de cœur,

295 — Petite bonbonnière écaille noire, incrustations argent et nacre, époque xviiie siècle, forme ronde.

296 — Trois objets : Petit groupe bois sculpté, enluminé.
Poignard africain.
Lampe en cuivre du xviie siècle.

297 — Deux petites statuettes biscuit, enfants à la cruche.

298 — Un petit buste de Béranger et deux autres :
Lafontaine et Molière.

299 — Quatre tous petits bustes biscuit.

300 — Deux objets : Tête d'enfant faïence blanche.
Carafe en forme brun, cristal gravé.

301 — Deux petits taureaux en bronze, signé Bonheur 1830.

302 — Un lot de douze statuettes en bronze indien.

303 — Deux médaillons biscuit, Napoléon Ier et Napoléon III.

304 — Neuf objets : Deux cachets agathe.

Quatre pierres.
Un petit levrier ivoire.
Deux petits couteaux.

305 — Deux salières en verre; couvercle de boîte miniature
et autres petits bibelots.

306 — Deux flambeaux en cuivre époque Louis XVI.

307 — Petit portrait de femme lfin du XVIIe siècle dans un
cadre bois noir. Aquarelle.

308 — Médaillon ovale biscuit. fond bleu, Napoléon Ier.
Médaillon rond biscuit, fond bleu. lord Byron.

309 — Différents petits médaillons biscuit.

TABLEAUX

310 — Petite peinture. école flamande. représentant une
quantité d'ânes. chacun dans une attitude particu-
lière. Attribué Téniers.

311 — Petite peinture. scène flamande. Attribué Téniers.

312 — Etude de cavalier. Attribuée Géricho.

313 — Scène d'intérieur du XVIIIe siècle. Exquisse très
poussée. intéressante

ARGENTERIE

314 — Deux flambeaux époque premier Empire, ciseiure
fine.

Haut., 26 cent.

315 — Deux flambeaux Louis XV, repoussés, ciselés, chantournés.

> Haut., 22 cent

316 — Grande cafetière, époque premier Empire, manche corne noire.

> Haut., 33 cent.

317 — Deux éperons ciselés, molette en fer.
318 — Tabatière Louis XV, repoussée, ciselée, sujets allégoriques.
319 — Deux salières genre filigrane, verre bleu.
320 — Deux salières Louis XVI repoussées.
321 — Deux salières Louis XVI repoussées.
322 — Grand sucrier époque premier Empire. Coupe en cristal, 12 cuillères.
323 — Porte-huilier époque Louis XVI, avec ses bouchons, forme bateau, décor, perles et nœuds.

NUMÉROS SUPPLÉMENTAIRES

AUX FAÏENCES ITALIENNES

324 — **Castelli**. Plaque rectangulaire polychrome. (Inscription *Il martiraggio de Moïse*).

> Haut., 31 cent. ; Larg., 25 cent.

325 — **Castelli**. Plaque ronde polychrome, sujet la Samaritaine

> Diam., 26 cent.

326 — **Castelli**. Plaque ronde polychrome, sujet biblique.

> Diam., 22 cent.

253
Phototypie G. CHAROL, 35, rue d'Alger — BORDEAUX

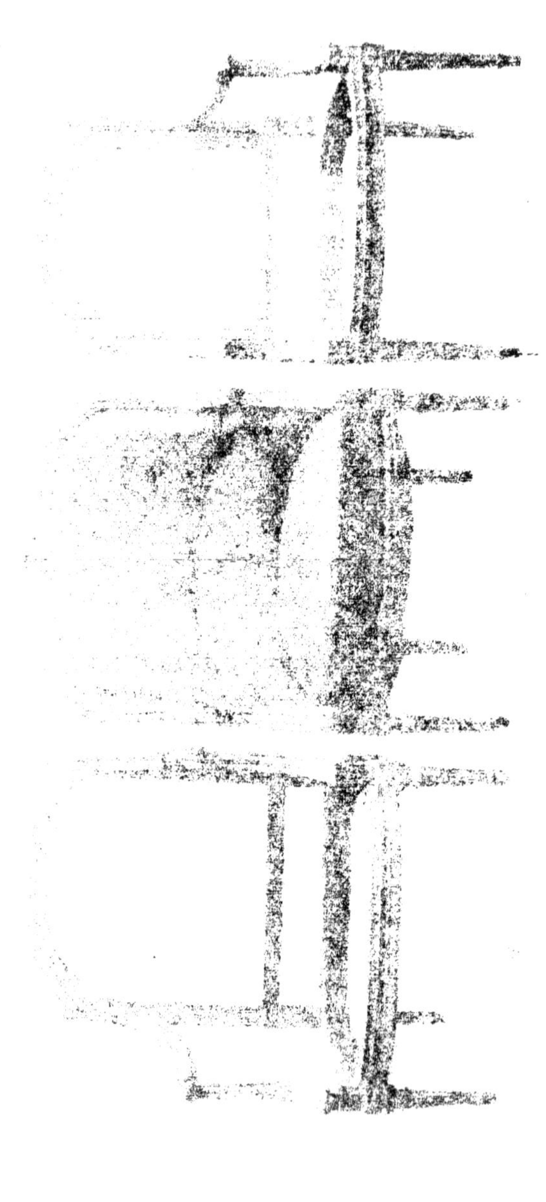

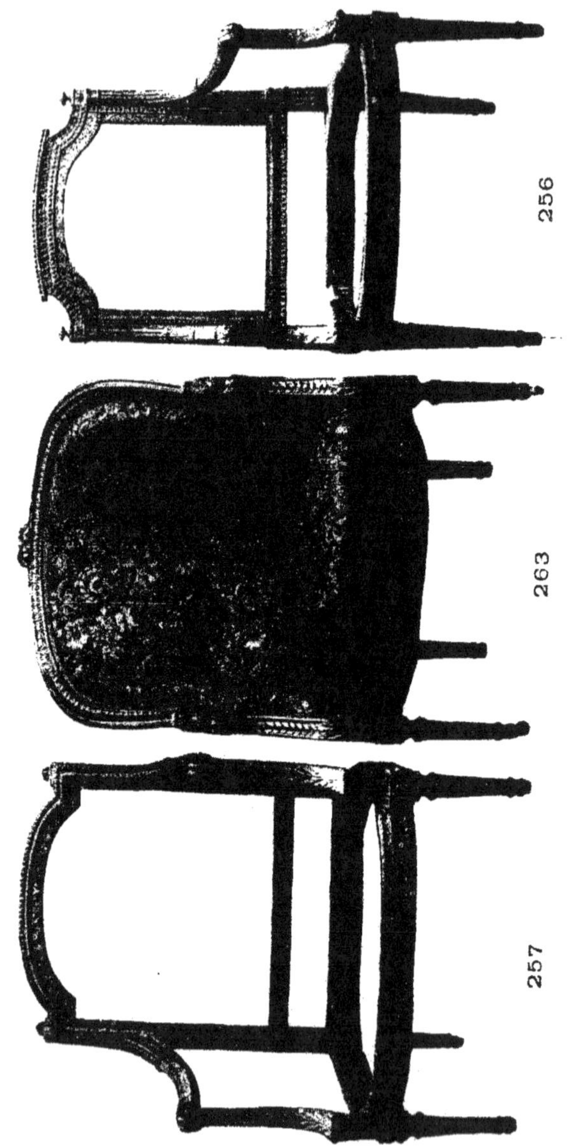

256
263
257
Phototypie G. CHARVOL, 25, rue d'Albret — BORD

Bordeaux. — Imprimerie & Phototypie G. CHARIOL.